우리의 생生, 애愛

# 우리의 생生, 애愛

| | |
|---|---|
| 발행일 | 2021년 12월 24일 |

| | | | |
|---|---|---|---|
| 지은이 | 기동춘 | | |
| 펴낸이 | 손형국 | | |
| 펴낸곳 | (주)북랩 | | |
| 편집인 | 선일영 | 편집 | 정두철, 배진용, 김현아, 박준, 장하영 |
| 디자인 | 이현수, 한수희, 허지혜, 안유경 | 제작 | 박기성, 황동현, 구성우, 권태련 |
| 마케팅 | 김회란, 박진관 | | |
| 출판등록 | 2004. 12. 1(제2012-000051호) | | |
| 주소 | 서울특별시 금천구 가산디지털 1로 168, 우림라이온스밸리 B동 B113~114호, C동 B101호 | | |
| 홈페이지 | www.book.co.kr | | |
| 전화번호 | (02)2026-5777 | 팩스 | (02)2026-5747 |

| | | |
|---|---|---|
| ISBN | 979-11-6836-095-2 03810 (종이책) | 979-11-6836-096-9 05810 (전자책) |

**(주)북랩** 성공출판의 파트너

북랩 홈페이지와 패밀리 사이트에서 다양한 출판 솔루션을 만나 보세요!

**홈페이지** book.co.kr • **블로그** blog.naver.com/essaybook • **출판문의** book@book.co.kr

**작가 연락처 문의 ▸ ask.book.co.kr**

작가 연락처는 개인정보이므로 북랩에서 알려드릴 수 없습니다.

# 우리의 생生,
# 애愛

북랩 book Lab

# 목차

**2019**

**2019** ◗

# 달아실(月谷) 고갯길

달아실* 고개 넘어 돌정지**(石亭) 가던 날
처녀 이모의 등은 따뜻했다

누나는 팔짝팔짝 뛰면서 걷고
어린 내가 힘들다고 칭얼거리면
막내 이모가 업고 달래며 걷던 길

찐 옥수수와 고구마를 넓은 돌 위에 펼쳐놓고
우리는 식은땀 닦아내며 다디달게 먹었지

멀고 먼 조상님들이 여기 고인돌 쌓으실 때
우리가 이렇게 오순도순 앉아 쉬어 갈 것을
미리미리 아시고 자리를 만들어 주신 걸까?

그 누구의 아버지, 어머니, 할아버지, 할머니
그 누구의 아들, 딸, 손자, 손녀

---

*   달아실(月谷): 전남 화순군 도곡면 월곡리
**  돌정지(石亭): 전남 화순군 춘양면 석정리

여기저기 고인돌에는
얼마나 많은 이야기가 묻혀있을까?
굽이굽이 고갯길에는
얼마나 많은 사연이 묻어있을까?

낮달이 뜨는 고요한 계곡 길
조상님들이 여기저기 누워 계시는 곳

눈을 감으면 그때의 느낌이 찾아오고
외갓집에서 집으로 돌아가던
꿈같은
달아실에서 돌정지 가던 길

2019. 1.

# 무등산(無等山)을 바라보며

너른 들판 가로질러 그 한가운데 무등산이 있다
낮은 산들이 어깨 아래 여러 갈래로 늘어서 있고

매양 그 그늘 밑에 있으면서도 보지 못했다

오늘도 그 자락에 매여 있는 자식들아
열 손가락 깨물어 안 아픈 손가락이 어디 있으랴

돌아가신 부모님은 언제나 가슴속에 남아계셔서
저기 편편한 등성이로 모두를 가득 안고 지켜 서서
못난 자식도 영원히 하나같이 무등(無等)하신다

이제야 뒤늦게 깨닫는 어리석은 슬픈 영혼아

2019. 1.

# 누군가에게 말을 할 때

누군가에게 말을 할 때
상대가 고개를 끄덕거렸을 때

알았다고 이해했다고
함부로 믿지 마라

내가 말한 것과
타인이 받아들이는 것이
다를 수 있다

확인하고 또 확인한 후
그들이 당신 의도대로
행동했을 때에만
믿을 수 있다

행(行)하기 전에 믿는 것은
그 어느 날
후회로 남는다

2019. 1.

그때엔 다시 물어보렴

어떤 이들은 일이 닥칠 때마다
매번 투덜거리지
어렵고 힘들다고

얼마만큼 지난 뒤에 보면
그저 그런 것들인데
그때는 아프고 아리다고
온통 나만 겪는 고통이라고
하소연하지

세상 많은 이들은 고비 고비에서
쉽지 않은 일들을 한가득 안고
아등바등 온몸으로 힘겹게 씨름을 하지

이런 때는 주변을 찬찬히 살펴보렴
친구는 어떠하고 이웃은 어떠한지
누구에게나 오는 그때
어렵고 힘들다고 생각될 때

잠깐 멈추어 서서
왜(why), 왜, 왜 해야 하지?
무엇을(what), 무엇을, 무엇을 해야 하지?
어떻게(how), 어떻게, 어떻게 하지?
고(go)인지 스톱(stop)인지

물어보면 물어볼수록
그때마다 고통은 줄어들고
물어보는 것만으로도
답(答)은 점점 자라게 되지

2019. 2.

# 알고리즘

사람이란 유기체는
변하고 변한다고 하여도
삶 그리고 죽음이라는
알고리즘을 벗어날 수 없다

그 공간 사이에서 우리는
이를 벗어날 수 있을 방법을
찾고 또 찾고 있다

새로운 차원
새로운 알고리즘

죽어 있어도 죽어 있지 않은
살아있으면서 살아있지 않고
죽음을 넘어서 죽음을 보고
삶을 넘어서 삶을 보는 것

삶과 죽음의 벽을 허물어
존재로서 영원히 존재하는 것

어떤 신(神)이
이것을 우리에게 허락할까?

이 알고리즘이
정말 있을까?

2019. 2.

# 무엇을 할까?

오늘이 마지막 날이라면
무엇을 할까?

우선 창을 열어
신선한 공기와 햇빛을
배가 부르도록 음미하고
차 한잔을 마시며
지난 일들을 되새겨 봐야지

누구에게는 미안했다고 사과하고
누구에게는 감사했다는 말을 전하고
이제는 빈손으로 가야 하니까
가진 모든 것들을
가까이 있는 누구누구에게
빠짐없이 아낌없이 나누어 줘야지

그리고 나 없는 내일을 위해서는
무엇을 남겨야 할까?

또, 또, 또 무엇을 할까?

오늘도 내일도 모레도
언제나 오늘은
마지막 날 전일(前日)이다

2019. 2.

더 좋다


마지막이 아름다운 사람이 더 좋다

2019. 3.

# 행복

내가 행복한 것은
지금
당신과 함께하기 때문이다

2019. 3.

## 사랑의 절대 크기

남을 사랑하기 위해서는
먼저
자신을 사랑해야 한다

남을 아무리 사랑한다 해도
그 크기는
자신을 사랑하는 것보다
클 수 없다

사랑의 절대 크기는
자신의 목숨과 같다

자기가 없다면 사랑도 없으며
자기가 없다면 세상도 없다

타인에 대한
사랑의 절대 크기는
자기에 대한
사랑의 반사체(反射體)

2019. 3.

# 기다릴 수밖에

당신이 만약 물 위에 뜬 달이라면
바람이 그치기를 기다릴 수밖에

당신이 만약 하늘에 뜬 달이라면
구름이 지나가도록 기다릴 수밖에

때가 될 때까지 바라볼 수밖에

당신이 허상으로 존재한다고 하여도
당신이 풍문으로 존재한다고 하여도

이 세상에 어딘가에 있다는 것만으로
이 생애에서 주어진 모든 시간 동안
당신을 가슴 모아 그저 기다릴 수밖에

2019. 3.

# 숲

숲은
생로병사(生老病死),
모든 종류 생명의 칵테일

희노애락(喜怒哀樂)을
안고
그 속으로 간다

2019. 3.

# 열정

시작은 무언가를 향한 강한 욕망,
생명이 살아가고자 하는 강한 집착에서
잉태되고

없으면 아무것도 이룰 수 없다

크기에 따라 존재의 형태가 다르고

지혜로운 이성(理性)과 만났을 때
비로소 잘 가꾸는 이의 삶은
풍요롭고 아름답다

2019. 3.

# 행복은


과정 중에 느끼는 순수
행동과 함께 찾아오는 감성
내면에서의 자족

지금
그 누구와 나누는 것
단순한 이들의 소유물

No-이성이 추구하는 논리
No-돈으로 살 수 있는 것
No-미래의 선물
No-가진 자의 권위
No-천재가 푸는 고등 수학

2019. 3.

# 이 세상에 왔다는 것만으로도

이 세상에 왔다는 것만으로도
현재 여기에 있다는 것만으로도
살아있다는 것만으로도

얼마나 은혜로운 것이냐
얼마나 기쁜 일이냐

아프고 힘들다고
슬퍼하는 영혼들아

신이 주신 가장 큰 선물은
생각의 방향을
스스로 정하도록 하신 것이다

주어진 조건을
어떻게 받아들이느냐는
당신 몫이다

욕심은 욕심을 낳고
욕망은 더 큰 욕망을 불러와서
부족하다고 불만이 가득한 이들은
마음 지옥을 벗어날 수 없고

눈부신 아침 햇살만으로도
이웃의 따뜻한 미소만으로도
기쁨을 느끼는 이라면
어떠한 상황에서도
천국의 문을 열어
평화와 행복을 누릴 것이다

2019. 3.

# 오늘

신(神)이 창조(創造)하는 날

생명(生命)이 살아가는 날

불행이 찾아오는 지옥의 날

행복이 함께하는 천상의 날

2019. 4.

## 자유


욕심 선택 자유

욕심 부릴 자유

욕심 내릴 자유

멀리서 바라볼 자유

2019. 4.

# 그대를 생각하는 날에는

그대를 생각하는 날에는
마음속에 봄이 머물러
꽃이 피고 새가 울고
바람 부드러운 강변을 걷네

그대를 생각하는 날에는
마음속에 여름이 머물러
가슴은 펄펄 끓어 넘치고
이곳저곳 천둥과 번개가 치네

그대를 생각하는 날에는
마음속에 가을이 머물러
지난 시간 기억을 어루만지며
찬찬히 흐르는 먼 구름을 보네

그대를 생각하는 날에는
마음속에 겨울이 머물러
칼바람 세찬 들판을 건너
쓸쓸히 빈집으로 홀로 돌아오네

2019. 4.

# 자전거 타기

하나의 페달을 밟으면
다른 페달이 일어서고
일어서고 또 일어서고

하나의 풍경이 지나가면
다른 풍경이 다가오고
다가오고 또 다가오고

자전거를 타는 것은
힘주고 또 힘주는 것
움직이고 또 움직이는 것

우리가 이렇게 있는 것은
생명을 유지하는 것은
시간의 자전거 타기

멈춰서면 죽는 것

2019. 4.

바람

지나가는 것이니까
깊이 뿌리를 내리고
그저 따라 흔들리면 된다

약한 가지와 잎들이
떨어진다 해도
어쩔 수 없다

가지와 잎은
다시 내면 되고

그리고 스스로
다시 찾아오는 것이니까

올 때마다
그때그때
흐름에 맡기면 된다

2019. 4.

# 당신

그림자만으로도
가슴이 뛴다

목소리만으로도
마냥 좋다

생각만 해도
눈물이 난다

2019. 4.

# 나는 뭘까

흩어진 것들이
어떤 순서에 의해
모아진 것일까

언젠가는
다시
흩어질 것

우연인가
필연인가

시간을 미분(微分)하면,
순간

시간을 적분(積分)하면,
세월

시간을 없애 버리면
나는 뭘까

2019. 4.

## 그대 기억을 꺼내어


불현듯 떠오르는 그대
내 어찌 잊을 수 있으랴

오월의 장미보다 더 붉었던 입술
샛별보다 더 초롱초롱했던 눈망울
라일락꽃보다 더 진했던 향기
천상의 노래보다 더 가슴 울렸던 목소리

지금은 그저 생각일 뿐인가
기억 속에서 무심히
천연스레 흘러만 가는가

내 젊은 날 소중했던
첫사랑이여

2019. 5.

# 창

창에는
빗물이 흐른다

또 하나의
강이 흐른다

감정의 강
기억의 강
세월의 강

바람, 소리, 빛, 시간,
당신이 흐르고

창에는
눈물이 흐른다

2019. 5.

# 살아있는 것은

살아있는 것은
떨림이다

떨림과 떨림이 모이면
행동(行動)이 된다

살아있는 것은
생각이다

생각과 생각이 모이면
마음이 된다

살아있는 것은
느낌이다

느낌과 느낌이 모이면
희노애락(喜怒哀樂)

인생(人生)이 된다

2019. 5.

# 산정(山頂)에 올라서면

나는
하나의 길을 따라
올라왔다

누구나
산정에 올라서면

보인다

정상(頂上)에 이르는
방법은
사방팔방에서
수없이 많다는 것을

2019. 5.

# 달빛

저 달빛에는 당신의 모습이 묻어있다

먼 시간 먼 곳 당신의 웃음과 울음도

저 달빛에는 애달픈 내 마음도 녹아있다

당신과 내가 시공(時空)을 넘어 만날 수 있는

당신과 내가 합일(合一)하는 저 달빛에는

2019. 6.

# 운명(運命)과 욕망(欲望)


운명에는 무게가 없다
가볍고 가벼워서

사물과 사물과도 관계없고
사람과 사람과도 관계없고

그저 휴 하는 한숨에도
스스로 여기저기 날아다닌다

아무런 바람이 없는 날에도
시간의 흐름 위를 서성거린다

운명은 날개가 없이도 날아다닌다
누군가에게 멈춰서면 욕망이 된다

욕망이 없는 운명이란 운명이 아니다

욕망의 긴 끈들이 서로 엉켜서
질기게 엉켜서 움직일 수 없을 때
운명이 그 위에 슬그머니 내려앉는다

보이는 이에게는 보이고
보이지 않는 이에게는 보이지 않는 것

욕망 속에 본질(本質)로 존재하는 운명

2019. 6.

## 나목(裸木)


떨어지는 것이
낙엽뿐일까?

떨어질 것들이 다 떨어지면
나목(裸木)의 겨울이 온다

가장 슬픈 것은
떨어질 것이 아무것도 없는
마음이다

가장 기쁜 것은
아무것도 갖지 않은
이 가벼움이다

새봄이 오기까지
그래서 견딜 수 있는
나목의 힘은

그저
무심(無心)함이다

2019. 6.

# 떨켜*

겨울이 오면
나무들은
스스로
자기 잎들을 떨구어
모진 추위를
견디어 낸다

머리칼이 희게 변한
내 노년에는
스스로
무엇을 떨구어
모진 세월을
견뎌내야 할까?

2019. 7.

---

* 떨켜: 식물의 낙엽이 질 무렵 잎자루와 가지가 붙은 곳에 생기는 특
  수한 세포층. 굳어져서 수분(水分)을 통하지 못하게 하고 이 부분에
  서 잎이 떨어지며 그 떨어진 자리를 보호함.

# 흔적

밤하늘에 빛나는 별빛은
지나간 것들의 그림자

시간 속에서 별들은
무한(無限)의 여행자

우리의 여정(旅程)도
머무르는 것이 아니네

아는가 그대여

지금 보이는 북극성조차도
지나간 흔적일 뿐이네

2019. 7.

# 날이 저물면

날이 저물면
맑은 하늘에서는
수선수선 별들이
자라난다

날이 저물면
이곳저곳 소란했던
사람들의 움직임도
잦아들고,

마음속에서는
종일 맴돌던
이런저런 생각들이
자라난다

날이 저물면
마을의 집들에서는
저녁상에 옹기종기 모인
가족들의
두런두런 이야기들이
자라난다

2019. 7.

# 찬 달

내 가슴에 스며든 하늘이 열리던 날
저 달에 살던 멀고 먼 옛이야기가
요모조모 낯익은 고샅에 낮게 퍼지네

꿈속에서 본 시간의 긴 추가 움직이더니
아리고 쓰라린 유년의 기억을 더듬네

겨울밤 할머니 오래 묵은 기침 소리에
불 꺼진 창문으로 들어온 서늘한 달빛

눈 그친 소변 길에 무서워 부르르 떨던
칼바람이 묻은 둥근 달 아련히 떠오르네

아버지께 혼나고 볏단에 숨어 잠들었다
개 짖는 소리에 문득 본 배고프고 찬 달

여러 시절 담긴 사연 중에 묻어있던
차분한 파편의 홀로 터지는 불꽃놀이

2019. 7.

시간


창조에 필요한 핵심재료
신(神)으로부터 받은 유일한 선물

2019. 7.

# 숨바꼭질

찾아내면
다시 숨고

네가 있음으로
내가 있음으로

네가 나를 찾음으로
내가 너를 찾음으로

온종일 돌고 도는

게임이 시작된다
게임이 끝이 난다

2019. 8.

## 안과 밖

안에서 밖을 보려면
창(窓)이 필요하다

언제나 깨끗하고 맑게
닦아 놓아야만
제대로 볼 수 있다

밖에서 안을 보려면
우선 문을 열고
나와야 한다

나를 벗어나야만
나를 볼 수 있다

안에서 내가 세상을
밖에서 내가 나를
멀거니 들여다본다

나는 누구인가?

괴물인가?

2019. 8.

# 한 생애


한 생애가 내게 다시 온다면
평생을 아이로만 살고 싶다

종일 친구와 웃고 뛰놀고
근심 걱정 다 내려놓고
따뜻하고 아름다운 생각만 하고

이번 생이 끝나고
새로운 생이 찾아온다면
평생을 부모 형제와
한 울타리에 살고 싶다

정해진 틀에서
정해진 방법으로

모르는 누군가를 만나서
사나운 인연을 맺는 것은
사양하겠다

세상 풍파에 이리저리
휩쓸려 끌려가는 고달픈 일들
피하고 싶다

지금 이 서글픈 아귀다툼
피하고 싶다

2019. 8.

# 바람을 보려면


바람의 흐름을 보려면
높은 산 큰 하늘을 보아라
온갖 구름이
어떻게 산을 타고 넘는지를

바람의 속결을 보려면
바다로 가라
파도가, 그 물 면이
어떻게 숨결을 만드는지를

바람의 비명을 듣고자 하면
숲으로 가라
나뭇잎과 그 가지가
어떻게 서로에게 부딪쳐 아파하는지를

보이지 않는 것을 보려면
이들로 하여 변화하는 그 무엇이
어떻게 하는지
세심히 지켜보아라

2019. 9.

# 참사랑

사랑이 안타까운 것은
사랑은 애달프기 때문이다

사랑이 애달픈 것은
사랑은 절절하기 때문이다

사랑이 절절한 것은
한쪽으로만 흐르기 때문이다

사랑이 쓰리고 아린 것은
사랑은 내 살을 떼어내는 아픔을
견디어야 하기 때문이다

사랑은 받는 것이 아니라
상대를 절대적으로 위하는 것

모든 것을
대가(代價) 없이 아낌없이 주는 것

사랑은 젊은 날의 불꽃같은
행복이 아니라
죽는 날까지 상대를 위해
최선을 다하는 것

참사랑은 함부로 말할 수 없는 것
상대를 위해 목숨을 거는 것

2019. 9.

# 떠나려고 할 때

만날 때보다 떠날 때
기품이 있어야지

신(神)이 주신 만남일지라도
헤어지는 것은
절반은 운명의 몫
절반은 당신의 몫

스스로 짊어진 만남일지라도
헤어지는 것은
절반은 당신의 몫
절반은 운명의 몫

떠나고자 할 때
은은한 향기를 남기고
난(蘭) 꽃이 지듯

바람이 부는 날
품위를 남기고
가야지

2019. 10.

# 행복이 무엇인지

행복이 무엇인지
모르지만

무엇을 하든
누구를 만나든

영혼에서 육신까지

지금,
당신으로 하여
그저 좋으면

행복이지

2019. 10.

# 생명

생명은
영원(永遠)으로 가기 위해
꽃피우고 열매 맺는다

2019. 11.

# 단풍


봄부터 초록의 잎들은
태양과 대지의 정기를 모아

줄기를 만들고
꽃을 피우고
열매를 키우고

서리가 내리는 이 가을
이제는 헤어져야 할 시간

온몸 새롭게 단장한다
빨, 주, 노, 초, 파, 남, 보
만산홍엽(滿山紅葉)

보는 이를 달아오르게 하는
다 주고 떠나는 이의
유쾌한 변신,

마지막 멋

2019. 11.

# 홍시

익을 대로 익었을 때
비로소
최고(最高)가 된다

2019. 12.

2020, 外

# 산다는 것은


산다는 것은
신(神)이 정한 방향으로
흐르는 것

인간의 부질없는 욕망에
머무르지 않는 것

바람이 불면
무심히 그저
흔들리고 흔들리는 것

쉼 없이 흐르는 물처럼
쉼 없이 시간을 따라 흘러
스스로 충만하여
자연스럽게 변화하는 것

냄새나게 썩지 않는 것

2020. 4.

떠나가네


멈추어 만나고
그러다 지치면

누구나
떠나가네

신(神)이라 해도
바꿀 수 없네

단장(斷腸)의
슬픔도
이별도

이젠 당신을
떠나가네

헤어지네


2020. 4.

부끄러워라


살아 숨 쉬는 것
부끄러워라

피는 살에게
살은 뼈에게

신(神)을 떠나
잠시 실재(實在)인
우리

심성(心性)대로
피고 지면
그뿐

무엇을 바라는가!

가해자와 피해자
만장하신 재판관이여

탈육(脫肉)한 당신의 뼈가
보인다

야화(夜花)


무대 위의 사랑이 전부일 수도
무대 뒤의 사랑이 전부일 수도

그 누가 완벽하게 미소 짓는 음자리표에
침을 뱉을 수 있으랴!

# 사계(四季)

새로운 세상을 찬찬히 "보아라" 해서 "봄"이 아닐까?

싱그런 과실이 실하게 "열려라" 해서 "여름"이 아닐까?

채웠으니 이제 무심히 "가라" 해서 "가을"이 아닐까?

다가올 모짐을 올곧게 "견디라" 해서 "겨울"이 아닐까?

2020. 5.

그리움


누구에게나 그리움은 있는 법이다

하루가 은은히 식어가는 시간

슬픔은 그리움의 방법

눈물은 그리움의 결정

누구에게도 그리움은 있는 법이다

# 큰 나무

큰 나무 아래에 바로 서서 자라날 나무 없다

그 그늘을 벗어나야만 마음껏 설 수 있다

2020. 7.

# 꿈

꿈은 미래의 시작(始作)이다

미래는 꿈의 실행(實行)이다

2020. 9.

# 시간의 생각

누구에게나 주어진 시간은 같으나
생각의 깊이에 따라
저마다의 생의 결절(結節)이 다르다

생각이 깊어지면 시간은 늘어나고
생각이 엷어지면 시간도 짧아진다

깊어져 단단하게 맺혀지면
사람들 사이에서 천 년을 넘기도 하고,

엷어져 먼지처럼 가벼우면
문풍지 바람에도 순간에 사라진다

2020. 10.

# 돈

돌고 돌아서 돈이라네

매여 움직이지 못하면
고인 물과 같이 썩게 된다네

샘에서 흘러나와
낮은 곳을 찾아 부지런히 움직이면
여기저기서 친구를 만나 합체되어
도도한 흐름이 된다네

더러는 가문 들녘을 적셔주어
더러는 목마른 이들에 나눠주어
살아있는 것들의 일부가 되지

인연이 있어 내게 잠시 머무르는 것
또 때가 되어 누군가에게로 흘러가는 것
욕심부리거나 집착하지 마시게나
시류(時流)를 알아 아낌없이 베푸시게나

저승에는 돈이 없다네
머리에 이고도 등에 지고도
그 어떤 누구도 가지고 갈 수가 없다네
이승에서만 인연을 맺고 또 맴돈다네

그저 사람과 사람 사이에서
주고받고자 만든
서로를 위한 도구일 뿐이네

흐르는 물과 같이
낮은 곳으로 필요한 곳으로
돌고 돌아서 돈이라네

2020. 10.

# 필연(必然)


어디에서 와서
어디로 가는 것인가?

지나갔다는 것
잡을 수 없는 과거(過去)

지나가지 않으면
잡을 수 없는 미래(未來)

누구나 정하는 것은
지금
당신의 움직임 하나

무엇을 탓하는가?
다만 지나가고 있는 것을


2020. 11.

# 천상천하(天上天下)

-인식(認識)의 극명한 단계는 무지(無知)이다

　시간(時間)이 갑자기 살의를 품고 다가왔다. 시뻘건 피가 분수를 이뤘다. 숨이 가빠져 입가로 게거품이 흘렀다. 밖에는 지극히 아름다운 음악(音樂). 전혀 상관없이 온몸이 부들부들 떨렸다. 땀의 소나기가 내렸다. 몹시 목이 말랐다. 걸레를 질근질근 뿌리까지 씹었다. 천지현황(天地玄黄), 잠이, 죽음 같은 잠이 쏟아졌다. 청량한 물소리. 헛바람. 보았다. 빛은 어둠이었어. 혹은 흔들림. 더하기와 빼기를 하고. 변한다. 바라만 보아도. 사기(詐欺)다. 나발을 불었으니 엿이나 먹어라. 만장(滿場)하신 여러분. 天上, 天下, 天下, 天上. 무너지는 하늘이다. 땅이 없다. 본다는 것, 안다는 것이 얼마나 파렴치한가. 베어라. 정의의 기사(騎士)- 빛나는 명예(名譽)- 황금의 꽃이여! 시간을 누르고 눌러서 정확히 허리를. 개구락지여!

1980.

# 풍뎅이 잔혹사

발목 분지르고 모가지 비틀어

길 허리에 한마당 펴서

손가락으로 빙빙 원을 그리며

풍뎅아 풍뎅아 마당 쓸어라

풍뎅아 풍뎅아 마당 쓸어라

희한한 듯 웃음을 풀풀 날리고

고무신 바닥으로 땅바닥을 친다

풍뎅아 풍뎅아 마당 쓸어라

풍뎅아 풍뎅아 마당 쓸어라

1980.

# 개들송(頌)

개들개들개들개들개들개들개들개들
개들개들개들개들개들개들개들개들
개들개들개들개들개들개들개들개들
개들개들개들개들개들개들개들개들

1980.

# 10월의 해질녘

노년(老年)의 옷자락에 번지는 잔물결

찬찬한 풍경(風景)의 음자리표들

되새김하는 참숯의 은은한 불기

새털 같은 부드러움이 더러 남아 있음

# 해 보기

부릅뜬 눈으로도
해의 모두를 만질 수 없음을
시퍼런 대낮에 알았네

해는 해라서
해의 방법대로
허락하는 법(法)

들풀들이 자라고
빨랫줄에 기저귀가 마르고
꽃잎이 떨어지는 것으로

해는 해임을 알았네

허공에 매달린 동전 하나가
눈깔사탕으로 둔갑하여
이리저리 뒹굴다가 녹아서

해는 해임을 또다시 알았네

# 스무고개


출퇴근길에 조선과 동아를 들고 서서
스무고개를 넘습니다
사람들이 하는 일입니다
용기 있으면 감옥 갑니다
정직하면 손해 봅니다
열흘 굶었다고 될 리가 있겠어요
물을 먹일 줄도 알아야 합니다
옷을 벗길 줄도 알아야 합니다
떡을 만지면 고물이 묻습니다
눈뜨고 아웅 아웅 합시다
소 한 마리에 기둥 하나씩 무너집니다
돌기름을 먹으면 이무기가 됩니다
총이 있어야겠지요
우리의 소원은 금지곡입니다
눈물 콧물 거기다가 재채기도 잘해야 합니다
각목 들고 나선다고 누가 뭐랩니까
조심하십시요 여러분
복마전이 따로 있겠어요
붙잡히면 복지원 갑니다

굼벵이를 밟으면 꿈틀거릴까요
하늘이 무섭다고 허풍을 쳐야지요
야구 축구 씨름 모두 프로입니다
토룡탕 드시고 기운을 내서야지요

정의와 복지와 자유와 평화와
쇠(金)를 먹는 불가사리를 위하여

여러분 여러분 여러분 여러분

1987. 5.

# 불쏘시개

언어와 영혼을 분질러 불을 지핀다

하찮은 잔가지가 따스함으로

여기저기 정갈스레 피어오른다

추위에 움츠리던 가난한 이웃들

눈발이 떠도는 난지도 한구석

내 겁 많은 심장을 내준들 어떠랴

언어와 육신과 영혼이 함께하는 것

지상의 착하고 순결한 불쏘시개다

# 기억을 풀면

기억이란
얽매는 것

기억을 풀면
인연의 고리를 떠나면

세월이 들수록
시나브로 약해져서

하나씩 하나씩

눈물겨운 사랑도
흔적 없이 사라지지

2020. 11.

빛

빛이 된다면
별빛을 따라
당신의 별나라에
갈 수 있겠지

저 하늘
무한의 공간을
한없이 가야 하니까
빛처럼
가벼워야겠지

육신을 버리고
남은 정신을
빛으로 바꾸면

순간
세상은 없고
꿈같은 별나라에서
멋진 재회를 할 수 있겠지

당신과 나
지난 세월 수많은 기억을
되새김할 수 있겠지

2020. 12.

# 어제, 오늘, 내일


어제에 빠진 바보들아
내일에 빠진 바보들아

어제는 흔적일 뿐이다
내일은 상상일 뿐이다

지금, 과거도 없다
지금, 미래도 없다

오늘만이 있음의 이유이다
오늘만이 있음의 결과이다

카르페디엠*


2020. 12.


---

\* 카르페디엠: 현재 순간에 충실하라는 뜻의 라틴어 'Carpediem'에
서 비롯된 말. 영어의 'Seize the day(현재를 잡아라)'와 같은 의미

# 밝은 달

불을
켜지 마라

오늘 밤은
그대와 나

이 달빛만으로도
충분하다

2020. 12.

길

황무지에는 바람이
사시사철 동서남북
제 마음대로 지나간다

어디에도 길은 없고
어디에도 길은 있다

백지(白紙)에 누군가
먼저 선을 그으면
새로운 길이 되고
새로운 마을이 된다

사람들은 누구나
살기 위해 만나기 위해
서로의 레일 위에서
목적지를 향해 달리는
멈추지 못하는 기관차

가도 가도 끝이 없고
빈 들의 바람처럼
그저 가고 그저 오는 것
그렇게 그렇게
생몰(生歿)하는 것

어디에도 길은 없고
어디에도 길은 있다

2020. 12.

# 세상만사(世上萬事)


누구나 스스로 그러하듯
제 뜻대로 된다고 했던가!

둥글지도 네모나지도 않고
착하거나 정의롭지도 않고
존재하거나 정해지지도 않고

온갖 사람과 온갖 것들의
시시각각(時時刻刻) 반복되는
무작위 시행착오법(試行錯誤法)

자연의 또 하나의 실험실

누구나 스스로 그러하듯
제 뜻대로 된다고 했던가!

2020. 12.

**2021**

# 시간이 내게 와서

시간이 내게 와서
말을 걸다

지나간 것들이
지나갈 것들이

하얀 뼈가 보이고
마디마디 분리된 것들이
허공에 산산이 흩어지다

당신과 만남

이것은 우연인가?
이것은 필연인가?

오늘도 이렇게 찾아와
이유를 묻는 그대

시간 위에 우리는

그저 또 하나의 몸짓
그저 또 하나의 파문

2021. 1.

# 시(詩)를 읽다가

어떤 시는
열 번을 읽어도
무슨 뜻인지 모르겠다

어떤 시는
읽는 순간에
가슴이 멍해지고
눈시울 붉어진다

어떤 시는
문맥도 꼬일 대로 꼬여
그저 의미 없는 넋두리다

어떤 시는
시원(始原)의 맑은 샘물처럼
청량하고 아릿하게 솟는다

어떤 시는
말들이 부딪쳐서
서로 피를 흘리고 있다

어떤 시는
무논에 땀 송골송골 맺힌
농부의 이마를 씻는다

어떤 시는
싸구려 감성에
마주치는 것조차 피하고 싶다

어떤 시는
저 달에 전해줘
당신의 귓가로
몰래 스미고 싶다

2021. 1.

# 우리 사랑 이야기

당신과 나의 지난 여러 대화도
어딘가에 녹음되어 있을지 몰라

아마도 우리의 기억 속 깊숙이
차곡차곡 저장되어 있을 거야

이 순간 모르는 어느 곳에선가
여기저기서 녹화하고 있을 거야

남아 있지 않아 증명하지 못하면
지상 법정에서는 승소할 수 없지

녹음기도 CCTV도 없는 곳에서는
천상의 법정에서는 어떻게 할까?

당신이 보고 말하는 우리 이야기
내가 보고 말하는 우리 이야기

하늘이 우리의 관계를 심판한다면
재판정에서 나는 전 과정 묵비권

증거 제시로 다시 보기를 요청하고
최후 진술 한마디 "죽도록 사랑했다"

2021. 1.

# 퇴직 후 일 년 지나도

퇴직한 지 일 년이 넘었는데
아직도 직장 일로 꿈을 꾸고

마음 갔던 일들이 재구성되어
깜짝 놀라 새벽, 잠에서 깨다

30년 넘게 근무한 직장이라
삼십 년은 넘어야 잊히려나

일어나 차가운 물 한잔 들이키고
창밖 그믐달, 다시 자리로 들어

새롭게 반복되는 일상은 낯설고
휑하니 주어진 시간에 주눅 들다

이제는 뭔가를 시작해야 하는데
차일피일 생각만 여기저기 쌓이네

2021. 1.

# 모르지


모르지
어떻게 될지

안다는 건
그냥
그냥

아무도
모르지

또
어떻게 될지

2021. 1.

# 행복

행복은 감정이다

행복은 느낌이다

행복은 현재이다

행복은 과정이다

행복은 만족이다

행복은 나눔이다

행복은 눈물이다

행복은 사랑이다

2021. 1.

# 진달래꽃

춘삼월 꽃은 저마다 환하게 피는 것이지만
진달래꽃 무리에는 검푸른 슬픔이 묻어있다

이젠 봄, 지나간 겨울의 냉기와 바람을 견뎌
발그스름한 연분홍 처연한 미소가 안쓰럽고

지난 세월의 아픔이 다시 세상에 태어날 때
진달래꽃에는 빨갛고 파란 슬픔이 배어있다

새색시 첫 경험 같은 가슴 아리고 시린 혼아
꽃이 지면 푸른 잎들이 앞다투어 펼쳐지고

숲에는 여기저기 새 생명의 생애가 시작되어
벌 나비가 모여들어 맺히었던 슬픔도 사라지다

2021. 3.

# 넋두리

가슴이 답답하고 아파 병원을 찾은 지 수년이 지났다. 심장 X레이, 조영제 CT, 심전도, 24시간 심전도, 심장 초음파, 운동부하검사, 피검사, 소변검사 등을 거쳐 심장 관상동맥 일부가 막힌 협심증이라 했다. 꾸준히 처방 약을 먹고 치료 중이었는데 부정맥 증상이 더불어 왔다. 시도 때도 없이 문득문득 찾아왔다 사라졌다. 의사는 약을 추가했다. 담배는 물론 술마저 끊어야 한다고 했다. 어느 날은 하루에도 몇 번씩 심장이 느껴졌고 빠른 걸음을 걷거나 계단을 오르면 숨이 차고 가슴이 답답해졌다. 달리기, 수영, 높은 산 오르기 등 격한 운동은 완전히 포기했고, 약간 숨이 찰 만한 빠른 걷기나 자전거 타기 정도로 제한할 수밖에 없었다. 또 갑자기 심장이 마음대로 뛰면 진정될 때까지 그냥 가만히 안정을 취해야만 했다. 직장에서 주어진 일에 대한 스트레스는 피할 수 없었다. 다만 육체적으로 힘을 쓰는 업무는 아니라서 나름 버틸 수 있었다. 정신적 압박을 줄이고자 성공 집착에 대한 욕심은 버렸으나 직업전선에서의 활동은 계속되었다.

삼십오 년 근무한 직장을 퇴직한 뒤 일 년여가 지난 지금 많은 것이 바뀌었다. 다행히 신기하게도 가슴이 답답한 증상은 평소 못 느낄 정도로 사라졌고 심장이 제멋대로 뛰던 증상도 거의 없어졌다. 매번 과음하는 저녁 회식이 없어지고 열심히 운동하고 무엇보다 제반 스트레스가 사라졌기 때문인 것 같다. 이제는 욕심을 내려놔야 그나마 주어진 수명을 채울 수 있겠지! 더 무언가를 하라는 주변의 압박은 무시해야 할 것 같다. 그래도 내가 할 수 있는 무언가를 해야겠지. 스트레스 없이 즐기면서 할 수 있는 일. 생계가 아닌 세상에 손톱 크기만이라도 기여될 수 있어 보람이 되는 그런 일을 하고 싶다. 또 언제 무슨 일이 내게 일어날지는 알 수 없다. 생노병사(生老病死). 엔진이 꺼지는 순간이 오겠지. 지금까지 그런대로 무탈하게 살게 해주신 신께 감사 올린다. 강물이 유유히 흘러 바다로 가듯 더 큰 세계로의 새로운 여행을 준비해야겠지. 이제는. 동춘아.

2021. 3.

# 한 세계가 있다

어느 곳에든 누구에게나
한 세계가 있다

봄, 여름, 가을, 겨울이 있고
살아있는 것들은 살아있고
죽어 있는 것들은 죽어 있고
이들의 화학반응은 끊임이 없고

좀 더 안으로 다가가면
미생물 세계, 여기에도
또 다른 우주(宇宙)가 있다

어느 누가
지금 머무는 이곳을
지금 바라보는 이 풍경을
누추하다고 무시할 수 있을까?

그 어느 부자도, 가난뱅이도
그 어느 권력자도, 민초(民草)도
그 어느 어른도, 아이도

어느 곳이든 누구에게나
바꿀 수 없고 유일한
아름다운 한 세계가 있다

2021. 4.

이식(移植)


옮겨 심은 나무는
더러 죽기도 하고
모질고 독한 몸살
삼 년은 가슴앓이


2021. 4.

# 빛과 색(色)

빛에 따라 색이 변한다

빛이 없으면 색도 없다

색이 없으면 빛도 없다

2021. 4.

## 만취(滿醉)


취해서 보는 세상이 더 지랄맞다

취해서 보는 세상이 더 슬프다

그리고

취해서 보는 세상이 더 아름답다

2021. 4.

# 사진과 그림


사진은
그림 같다고 하고
그림은
사진 같다고 한다

사람들아

정확한 것은

정확해야 할 것이
정확하지 않다는 것

삶 또한
공평하지 않다는 것


2021. 4.

# 바람

갑자기
훅 불어오는
흑심(黑心)에
나는 결정했다

당신을
사랑하기로

그렇게 그렇게
당신에게
머무는 것,

찰나(刹那)

그리하여
당신을 떠나기로

2021. 4.

# 나무 인생


더러 풍우(風雨)에 쓰러지기도 하고

더러 몹쓸 병과 해충에 당하기도 하고

더러 번개와 화재로 재가 되기도 하고

더러 사람들에게 베어지기도 하고

더러 천 년을 넘어 살기도 하지만

나무도 늙고 병들고 넘어지고 죽는다

살아있는 것은 결국은 소멸(消滅)하고

남겨 놓은 씨앗으로 업(業)을 반복할 뿐

2021. 4.

# 육십 이후

육십을 넘어서니
꽃들이 더욱 아름답고
대하는 산천초목(山川草木)
새롭고 살갑다

다시 주변을 들여다보고
느긋하고 세밀히
관찰하고 느끼라는
자연의 순리(順理)인가?

잠은 짧아지고
기억도 엷어져
이것저것 엄벙덤벙
생각의 무게가 가볍구나

시간이 빨리 흘러
밥의 양도 줄어들고
매사에 몸은 느려져
서녘 노을에 멈춰 서다

오늘 별일 없어
하루가 감사하다!

2021. 4.

# 계절

사람은 한번 가면
아무리 그리워해도
흔적도 없는데

시절은 가더라도
때를 찾아 어김없이
이렇게 다시 온다

바람에 온기가 들고
꽃이 피고 지고
또 한 계절이 지나가건만

생각할수록 가슴 서럽고
온밤 새도록 그리운 얼굴

꿈속에서라도
저승에서라도

꼭 만나서

못다 한 정(情)
순간이라도 나누었으면

2021. 5.

# 언행(言行)

생각하듯이 말하고
말하듯이 행동하라

2021. 5.

시(詩)

덜어내고 덜어내라

그래도 남아 있다면

그것으로 시를 써라

2021. 6.

# 뻘밭

서해고 남해고 짜디짠 짠물이라 했던가!

깊은 뻘밭에서 똑바로 서서 걸어 봤는가!

힘을 줄수록 빠져들어 벗어나기 어렵다

지느러미로 뒤뚱 기는 짱뚱어를 비웃지 마라

네발로 먹이 찾는 게들을 무시하지 마라

어머니는 살을 에는 한겨울에도 갯벌에서

허리 한번 제대로 못 펴고 꼬막을 캐고

아버지는 날마다 낙지 구멍을 파고 또 판다

2021. 6.

# 첫 연애(戀愛)


닭똥 같은 눈물이 뚝 뚝 뚝

베인 상처의 쓰리고 아린

덜 익은 땡감같이 떫디떫은

그래도 더러는 꿀물같이 다디단

2021. 6.

인연(因緣)


우연(偶然)인가?
필연(必然)인가?

당신을 만난 것이
나를 만난 것이

인생길 마주한 수많은 그대여
수만 번 만나고 또 헤어지고

언젠가는 다시 보는 것이
그리고 또 헤어지는 것이

다만 정해져 있다면
스스로 결정할 수 없다면

기쁨인가?
고통인가?

누구의 뜻인가 되물어도
대답 없는
알 수 없는 인연(因緣)

2021. 6.

# 단순무식하게

무엇이 그리 서럽더냐
모질고 질디진 세상사

살아있다는 것으로,
충분하다

다리 없이도 걸을 수 있고
손 없이도 먹을 수 있는 법

곁가지를 잘라야만
올곧게 자랄 수 있다

얽히고설킨 실타래
단칼에 잘라야 한다

그저 단순하게
그저 무식하게

살다 보면 살아지는 법

2021. 6.

# 낙화암(落花巖)


꽃잎이 떨어지듯
그렇게 뛰어들었다네

더 갈 곳이 없어
부소산 백화정(百花亭) 아래
시퍼런 물속으로

지금도
인간사 차디찬 광풍에
쫓기고 쫓기어
한강 다리 한가운데
짙은 어둠 속으로
피눈물의 사연을 남기고
뛰어든다네

예나 지금이나
개똥밭에 뒹굴어도
이승이 더 좋다는데
사람아, 이 사람아

바람은 또 불고
계절은 속일 수 없건만
어찌하여 나는 이곳에서
역사의 강물 위에서
백화(百花)를 그리워하는가!

당신을 그리워하는가!

2021. 7.

사랑


소유하는 것이 아니라

대상을

자유롭게 하는 것


2021. 8.

# 눈 속에

그대 눈 속에 내가 들어갔네

아! 아! 온 세계 내 세상

내 눈 속에 이미 그대

큰 바위 얼굴로 새겨져 있네

2021. 8.

# 쌓이고 쌓이면


그동안의 말이
쌓이고 쌓이면
분란(紛亂)이 된다

그동안의 생각이
쌓이고 쌓이면
지혜(智慧)가 된다

살아온 날들이
쌓이고 쌓이면
老年이 된다

살아온 날과
말과 생각이
모두가
하나가 되면,

누구에게나
실체(實體)가 되어
한 생애가 된다

2021. 8.

꽃 1



가장 애타는 열망

가장 정점인 순간

가장 아름다운 형상

꽃은 이렇게 핀다


2021. 9.

꽃 2


나에 취했을 때는

너를 보지 못했고

그렇게 세월은 흘러

이젠 멈춰 서서

너를 보면 볼수록

차운 가슴이 따뜻하게

이쁘구나! 어여쁘구나!

2021. 9.

# 꽃 3


때가 되면
알아서 피고

꿀과 향기는
찾아온 이에게
내어주고

스스로는
취하지 않는다

인연을 만나야만
열매를 맺을 수 있고

그 어느 날
갑자기
흔드는 바람에
떨어지다

2021. 10.

어렵구나


마음이 어렵구나

사람이 어렵구나

사는 것이 어렵구나

2021. 10.

벌

백수를 넘게 산다는 것은 아주 드문 경우지

구십을 산다는 것도 역시 쉬운 일은 아니지

그래도 백 살을 넘기도 하고 구십을 넘기도 하지

오늘 광주를 피로 물들게 한 독재자가 죽었다

정해진 생과 사는 인간의 법과는 상관이 없지

벌을 받고 갈 지옥은 각자의 마음에만 있지

누가 누구를 심판할 것인가 다만 죽었을 뿐

2021. 11.

# 결국은 사랑 이야기

누구에게나 산다는 것은
결국은 사랑 이야기

부모의 만남으로
세상에 나와 자라

모르는 이와
부부의 인연을 맺고

업(業)과 싸우다가
지쳐 힘이 빠지면

아이들을 남기고
시원(始原)으로 회귀(回歸)한다

여기에 사랑이 없다면
生은 모두 허깨비

누구에게나 산다는 것은
결국은 사랑 이야기

2021. 11.

後記

# 後記

　삼 년 전 첫 시집 『평창의 보름달』을 낸 후, 35년여
를 다녔던 노루페인트를 퇴직했다. 특히 코로나 시국
으로 인하여 외부에서의 활동이 줄어들었고, 직장을
그만두면 꼭 해 보고 싶어 손꼽았던 여러 외국 여행은
현재까지는 비자발적으로 포기했다. 그냥 혼자 지내
는 경우가 늘어나서 이것저것 생각이 많아지기는 했지
만 잘 소화되지 않아 겉도는 것 같았다. 익숙했던 직
장과 집의 쳇바퀴 돌듯 지내왔던 오랜 습관을 벗어나
기가 쉽지 않았다. 가끔 꿈에서도 직장의 상황이 펼쳐
지기도 하고, 갑자기 주어진 한가함을 때로는 주체할
수 없을 정도였다. 다만 올해 들어 페인트 회사에서
기술직에 종사했던 경력이 도움이 되어 몇 곳의 일자
리가 주어져서 기술자문도 하고 기술연구직으로 앞으
로는 사회에 무언가를 기여할 수 있는 활동이 늘어날
것 같다.

퇴직이라는 큰 변화와 시간적 여유로움이 찾아온 지난 삼 년 동안 나에게 있어 시가 무엇인지 다시 생각해 보기도 하고, 현재에 이르는 내 삶의 과정에서의 수많은 기억의 조각들을 떠올리기도 하고, 집과 직장에서의 여러 역할을 되돌아보기도 하고, 인간에 대해서 원초적으로 묻기도 하고, 주변의 사물에 대해서 좀 더 세세히 들여다보고 여러 생각을 중첩해 보기도 했다. 나이가 들어감에 따라 감성이 꿈을 잃고 정형화되는 것 같아 때로 시 쓰기가 곤욕스러웠다. 그래도 쓰고 싶은 생각이 이렇게 내게 찾아왔다. 시인은 모든 것을 그저 시로서 말해야 하는 것 아닌가.

　이 시집은 최근 3년의 기록이다. 그리고 첫 시집에서 누락되었던 오래전에 썼던 몇 편이 포함되었다. 총 100편으로 〈2019〉에는 43편, 〈2020, 外〉에는 24편, 〈2021〉에는 33편이다.

2021. 12.

기동춘